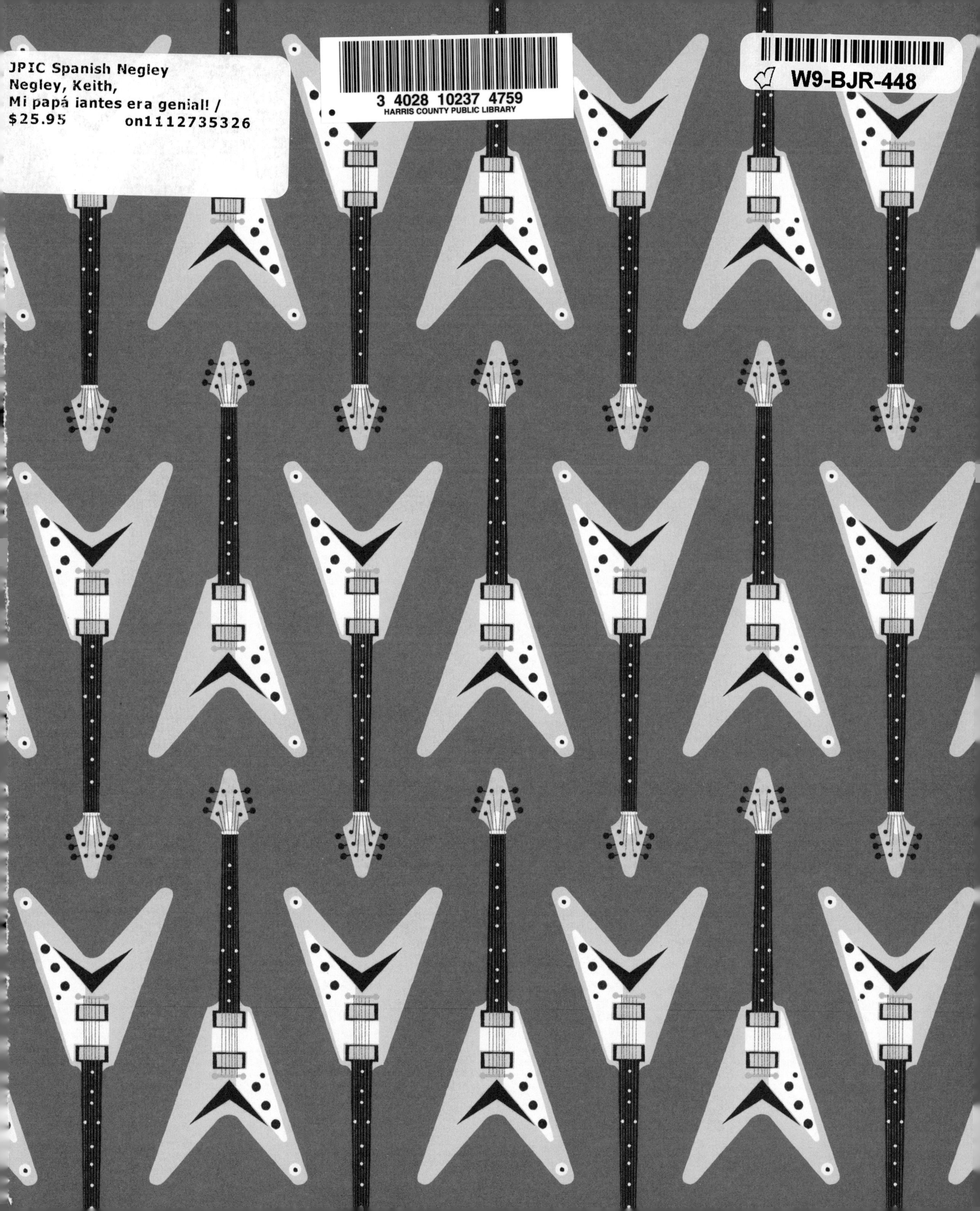

Para el Sr. Keith, quien todavía es genial,
y para Parker, el chico más genial que conozco.

INSTITUTO MONSA DE EDICIONES
Gravina 43 (08930) Sant Adrià de Besòs. Barcelona (Spain)
Tlf. +34 93 381 00 50
www.monsa.com
monsa@monsa.com

ISBN: 978-84-16500-71-0
¡Visita nuestra tienda online!
www.monsashop.com

¡Síguenos en!
Instagram: @monsapublications
Facebook: @monsashop

Primera edición en 2016 por Flying Eye Books,
una impresión de Nobrow Ltd. 27 Westgate Street, London E8 3RL.

Keith Negley

Mi PaPá ¡Antes era Genial!

monsa kids

Este es mi papá.

Ya sé que parece un papá normal.

Pero… no te lo vas a creer.

¡Antes tocaba en una banda de rock!

Aunque parezca mentira, tengo pruebas.

¡Mi papá antes era genial!

Es difícil de imaginar... siempre está tan serio.

¿Mi papá se divertía?

Ojalá lo hubiera podido ver.

¡Seguro que se lo pasaba en grande!

Entonces, ¿qué le hizo cambiar?

EN VENTA

Algo debió pasar...

...para que renunciara a todo.

Hummm... creo que todavía sigue siendo genial.

Bufff... creo que no tanto.

SOBRE EL AUTOR

Keith Negley es un aclamado ilustrador con una fuerte inclinación por la ilustración emocional. Su trabajo ha sido publicado en numerosos periódicos y revistas, y es colaborador frecuente en The New York Times y New Yorker. Vive en las montañas de Bellingham, Washington, Estados Unidos, rodeado de bosques tropicales y arañas gigantes. Su primer libro ilustrado, Tough Guys (Have Feelings Too), fue publicado en 2015 con gran éxito.

03

5